KB101807

알싸한 기린의 세계

일러두기

저자 고유의 글맛을 살리기 위해 표준어와 다르게 표기한 부분이 일부 있습니다.
-
본문 중간중간에 '세상의 모든 여자들에게' 전하는 독자 분들의 이야기를 담았습니다.

알싸한 기린의 세계

글 + 그림 작가 1

든

차례

세상에는 사람의 자존감을 꺾는 말을 하는 데
타고난 재능을 가진 사람이 있다.

같은 말을 '남자'에게는
하지 못하는 사람들.

만만한 '어린 여자'에게
더 강한 공격을 하는 사람들.

이상한 느낌이 드는 순간
도망가야 하는 사람들.

가스라이팅을 시도하는 사람은
남자가 될 수도, 여자가 될 수도

가족이 될 수도, 친구가 될 수도
지인이 될 수도 있다.

분명한 건, 스스로에게 여유가
있는 사람은 이런 말을 하지 않는다는 것이다.

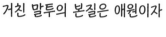

거친 말투의 본질은 애원이자

너만은 영원히 내가 가르칠 수 있는 존재로
내 밑에 남아 있어야 한다는 발악이다.

이런 사람들은 그냥

시간 낭비했구나 하고
넘겨버리면 쉽다.

그럼 이제
시작해 볼까?

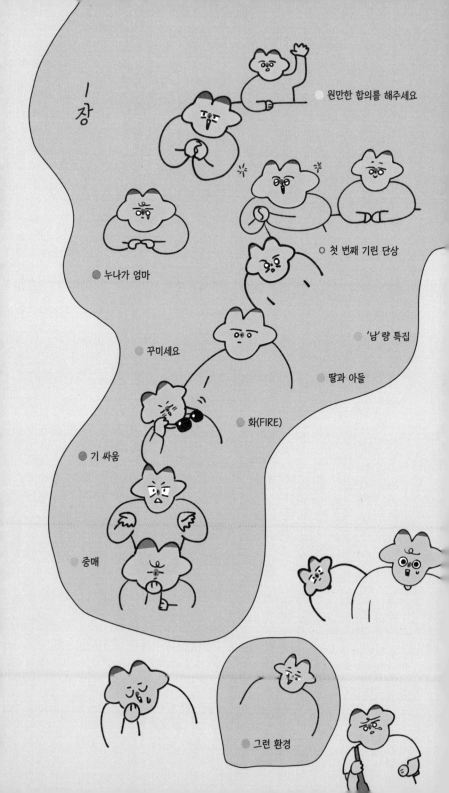

1장

원만한 합의를 해주세요

첫 번째 기린 단상

누나가 엄마

'남'량 특집

꾸미세요

딸과 아들

화(FIRE)

기 싸움

중매

그런 환경

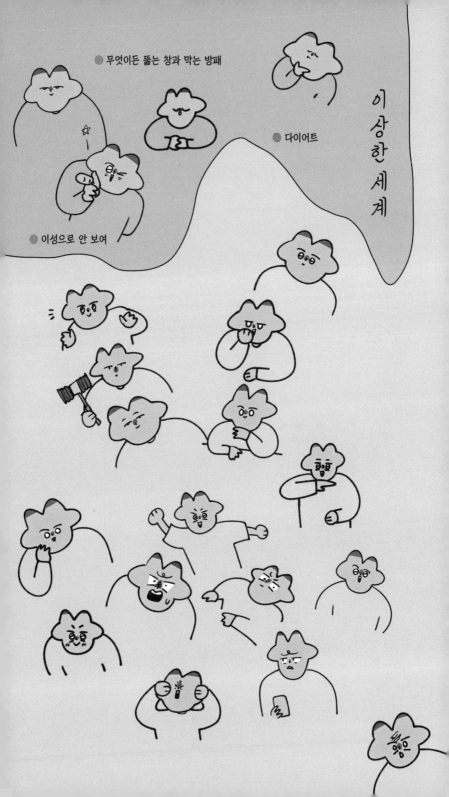

누나가 엄마

화
(FIRE)

알싸한 기린의 세계

세상의 모든 거린이들에게

rng*******

말도 안 되게 억울하고 화나는 환경 속에서 지금까지
잘 버텨줘서 정말 고맙고 기특하다고 말해주고 싶어요.
이렇게 버티다 당신이 넘어져도 우리가 뒤에서 잡아줄
테니까 걱정 말아요.

가부장제가
심하지 않은 집이라면

고발하기에는
애매하고

가만히 있기에는 속이 쓰린
차별들이 참 많을 거예요

엄마, 솔직히 내가 제일 잘 챙겨주지? 아니 잘 생각해 봐.
걔가 한 게 뭐가 있어? 걔가 엄마 팔짱 끼고
여행 같이 갈 것 같아? 내가 엄마랑 갈걸?
자꾸 제사 타령하는데 이승 대우보다 저승 대우가 더 중요해?
걔는 하는 거 뭣도 없어.

그···

스며들기!

그러게?

그렇지?

원만한 합의를 해주세요

알싸한 기린의 세계

세상의 모든 기린이들에게

tjd******

이 글을 읽고 있는 모든 자매들, 당신이 있기에 우리는 우리가 될 수 있습니다. 세상이 아무리 우리에게 지독하게 굴더라도 서로를 지켜내며 이 자리에서 또다시 살아남읍시다.

다
이
어
트

초등학교 6학년 때
다이어트를 한다고
3일을 굶었던 적이 있었다.

꼬르
르륵

힘이 없어 체육 시간에 참가도 못 하던 날.

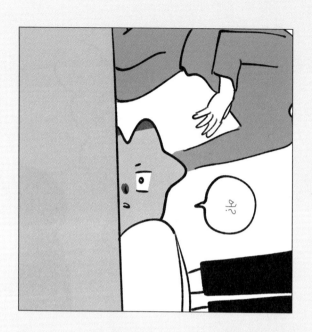

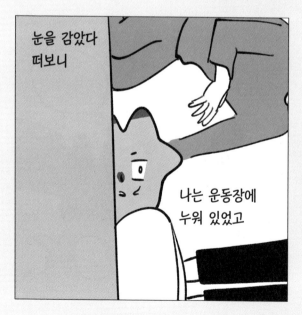

눈을 감았다
떠보니

나는 운동장에
누워 있었고

쓰러질 정도로 굶었다는 사실이
널리 알려지는 게 두려웠지만

그런데
그러고 보니

초등학교 6학년
여자아이가
굶다가 쓰러졌는데

왜 모두가 웃으며
그냥 넘어갔을까?

나 또한.

첫 번째 기린 단상

'높은 점수를 받는 사람이 아니라, 평가받지 않는 사람이 되자.'라는 말을 정말 좋아하는데 나는 이 말을 실천하기까지 너무 긴 시간이 걸렸다.

무엇이든 뚫는 창과 막는 방패

그리고 옷은 애초에
여성복을 그렇게
만들었잖아.

짧고 얇고
예쁘게 입고
다니라며.

어렸을 때부터
온갖 미디어로 주입한 게
누군데?

흥!

어쭈?

여자에게도 선택지가 있잖아!
꾸며서 남자에게 잘 보이는 걸
선택한 거 아냐?

하, 나도 잘
모르겠으니까

강남역에 쫙 깔려 있는
성형외과 광고판한테 물어봐 봐.

못생긴 여자가 죄인이 되는 세상에서
누구한테 선택지를 운운해.

세상의 모든 기린이들에게

nad******

스스로 피워낼 수 없는 꽃으로 비유되던 우리가 이제
는 땅이고 바람이고 자연이 되길, 존재 그 자체만으로
인정받는 인간이 되길 바랍니다. 우아한 거절과 아름다
운 싸움으로 승자와 패자가 없는 수용의 자리에 설 수
있길 응원합니다.

이 성 으 로 안 보 여

기
싸
움

삭발하고 일본 여행 갔는데
일본 남자랑 기 싸움해서 이겼다!

사건은 이렇다.

난 그냥 쇼핑을 하러
나갔는데

앞서 걷던 어느 남자가
나를 흘끔흘끔 보더니 휙 돌아섰다.

그리고는 나를 향해 걸어와

불쾌하다··· 궁금하다···

먼저 피하고
싶지는 않다···

그 적막 속에서 대치한지
얼마나 지났을까.

남자는 인상을
확! 구기더니

혼자 뭐라 중얼거리고
뒤로 돌아서 뛰어가길래

나도 모르게 따라 뛰었다.

심지어 안경도
저 멀리 달아나 버렸다.

종이처럼 넘어지는
사람을 그때 처음 보았다.

안경을 조심스럽게
원래 자리에 두고 (왜 그랬지?)

서둘러 자리를 떠났다.

원래 수치는 남아 있는
사람의 몫인 법.

그 다음날 백화점 주변에
또 가봤는데

다시 만나지는 못했다.
뭐하던 사람이지?

그런 환경

ums***

불편한 현실을 마주하는 건 꽤 괴로운 일입니다. 내 존재만으로 차별받았음을 인정하는 일이니까요. 하지만 역설적으로 현실에 맞닥뜨린 내가, 여자라는 이유로 차별받았다는 사실을 인정하고 나서야 존재 자체의 나를 온전히 사랑할 수 있었습니다.

중
매

왜 까마득한 어린 여자를
만나려고 해? 세상 물정 모르는
여자만이 부족한 자신을 만나
줄 수 있을 거라 생각하나?

꽤나 급하신가 봐요
상대방 정보도 모르고
남의 손을 빌려서
무작정 연결해 달라는
꼴을 보면.

급하시면 고개를 숙이고
많은 것을 양보하며
상대를 물색하세요

고개 쳐들고
애먼 남을 후려쳐서
옆에 끼려고 하지 말고

섬뜩한 이야기를 해드릴게요.

고3 시절, 나는 대학 입시 때문에
학원을 다녔다.

여름밤 10시.
버스 정류장으로 향하던 길이었는데

갑자기 남자가 튀어나와 말을 걸었다.

그 남자의 모습은 좀 이상했다.

청조끼, 청바지, 다 늘어난 티,
엉킨 머리카락에 가방 하나 없는 행색이었다.

그런데

그때 난 번호를 따였는데
불쾌할 수 있다는 사실을 처음 알았다.

다행히 남자는 쫓아오지 않았고

그 다음날 친구에게 말했더니
돌아온 대답···

꾸미세요

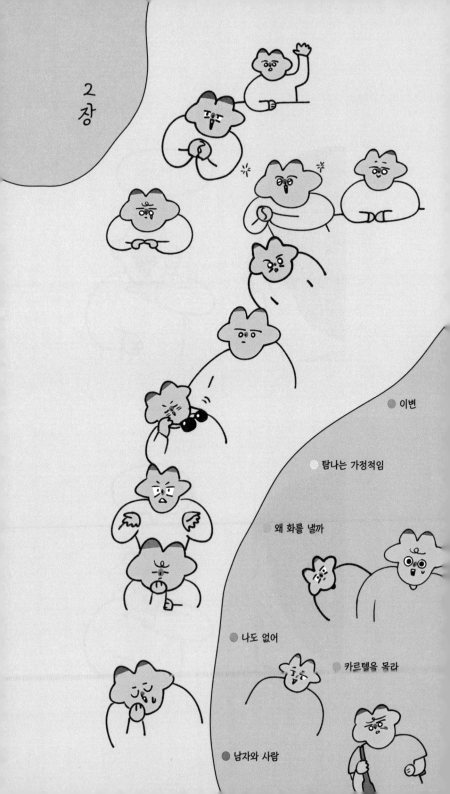

2장

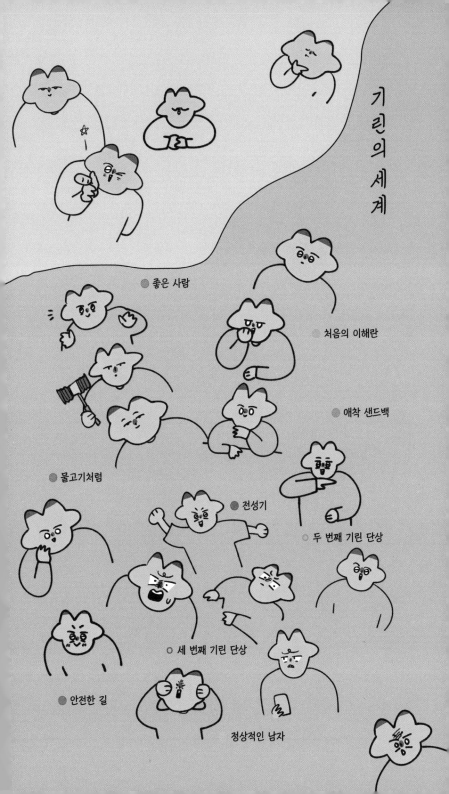

기린의 세계

● 좋은 사람

● 처음의 이해란

● 애착 샌드백

● 물고기처럼

● 전성기

○ 두 번째 기린 단상

○ 세 번째 기린 단상

● 안전한 길

정상적인 남자

좋은 사람

어떤 사람은 아내의 말을
가끔 무시하지만

자식들에게는 더없이 잘해주고
가정적이니 좋은 사람이라고 하고

어떤 사람은
생긴 게 번듯하고
경제적 능력이 좋으니

가끔 한눈을 팔아도
좋은 사람이래요

이것 말고도 엄청 많죠?

원래 사람이란 장점과 단점이
공존하는 생물인데

무작정 '좋은 사람'을 운운하며
결혼을 재촉하는 건 도대체 뭔가 싶어요

솔직히 좋은 사람을 운운하시는 분들도

좋은 사람의 기준을
잘 모르실 걸요

알싸한 기린의 세계

저 사람에게 '좋은 사람'이
나에게는 '나쁜 사람'일 수 있고

만인에게 '/등 신랑감'이
나에게는 '동거하기에 별로인 사람'
일 수도 있으니

그 기준을 모르신다면 남에게
선불리 좋은 사람이라고 추천하는 것과

모두가 치켜 세워준다고
수긍하는 것. 전부 하지 않는 게
안전하지 않을까요?

세상의 모든 기린이들에게

g.yu***********

당신이 모르는 때에도 당신을 위해 기도하는 누군가가 있어요. 어느 날은 왜 내가 차별과 혐오를 알아채서 이렇게 힘들까 하고 좌절하기도 했습니다. 하지만 내가 모를 때조차 서로의 안전을 기원하고 행복을 기도해 주는 당신이 있다는 생각에 다시 일어설 수 있었습니다. 우울과 예민은 지성의 부산물. 슬픔은 짧고 분노는 길게. 자신만의 열망을 가지고 꿋꿋이 살아가는 이 시대의 여자들을 응원합니다. 늘 감사해요.

탐나는 가정적임

왜 화를 낼까

왜 몇 남자들은
비혼주의자에게
맥락 없이
화를
낼까?

지나가는 남자가 갑자기

저는 비혼주의자
입니다!

라고 했다고
상상해 보자.

이게 흔한
반응이다.

나와 전혀 상관없는 남이기 때문에
어떤 삶을 살든 관심이 없는 것이다.

왜 이러는 걸까.

어쩌면 저들은 전국의 모든 여자를
예비 아내로 생각하는 게 아닐까?

곰곰···

전국 팔도를 자신의
하렘으로 착각해서

결혼 가능성이 떨어지는 이 상황을
견디지 못하는 게 아닐까?

세상의 모든 기린이들에게

t_y*****

당신은 그저 한낱 먼지이며 사람일 뿐이에요. 대단한 어머니도, 귀여운 여동생도, 애교 많은 여자 친구도, 참한 며느리도 아닌, 그냥 사람이요. 본인의 부족함과 멋짐을 있는 그대로 받아들이세요.

카 르 텔을 몰 라

일단 너희들이 대놓고 그런 발언을 해도
같은 남자들에게 두둔 받는다는 사실이
바로 남성 카르텔의 증거이지만
뭐 우선 다 집어치우고

세상의 모든 기린이들에게

sun********

어딘가에 있을 얼굴도 모르는 당신에게서 힘을 얻습니다. 세상은 꾸준히 바뀌고 있고 우리는 꾸준히 세상을 바꾸어 나가고 있어요. 내가 당신에게 힘이 될 수 있었으면 좋겠습니다. 여자들이 온전한 나로서 살아갈 수 있도록.

남자와 사람

남자는 사람을 뜻하고
여자는 여자를 뜻하는 것.

이게 위험한 이유는

남자의 잘못은 결국
'사람이 나쁜 탓'이니

문제 원인을 개인 혹은
사회 구조에서 찾게 되지만

여자의 잘못은 결국
'여자가 나쁜 탓'이니

요즘
여자들
무섭다니까?

해당 성별을 검열하는 쪽으로
상황이 기울기 아주 쉽거든요.

그럴 때마다 수많은 기사와 언론이
강조하고 싶었던 본질은

'범죄자'가 아니라
'여자'라는 성별임을
자주 깨달아요.

난 언제쯤 성별이 아닌
사람으로 불릴 수 있을까?

정상적인 남자

물고기처럼

두 번째 기린 단상

고작 화장을 하지 않았다고 어색해질 친구라면 차라리 빨리 멀어지는 게 낫다는 사실을 나는 너무 늦게 알았다. 숨 쉬기 위해 모든 관계를 끊고 도망친 곳에서 깨달았다. 또 다른 세상에 더 나은 관계가 있다는 걸.

나도
없어

세상의 모든 기린이들에게

기린 /

아무것도 바뀌지 않았다고 절망하지 말아요. 당신이 바뀌었잖아요!

알싸한 기린의 세계

애
착
샌
드
백

나중에는

저 사람은 본인 행동이 뭣같다는 것을 알고 있고
나에게 큰 상처를 주고 있다는 것도
알고 있는데 단지 그게
큰일이라고 생각하지
않는다는 걸 깨닫고
아주 참담해진다.

크아악!

예고 없이 모든 관계를 끊어내 버린다.

그 사람은 다른
샌드백을 찾았을까?

아니면 분노가 내부로 향해서
본인 자체가 샌드백이 되었을까?

그리고 시간이 지나
우연히 소식을 들었는데···

세상의 모든 기린이들에게

amd******

완벽할 필요도 없고, 쓸모 있을 필요도 없어요. 우리는
살아 있는 것만으로도 가치 있는 사람이니까요. 주변의
누군가는 내가 살아 있는 것만으로도 감사하고 행복해
합니다. 그럼 나도 내가 살아 있는 것만으로 감사하고
행복해도 되지 않을까요? 오늘도 행복합시다.

전성기

아무리 생각해도
사람의 전성기는 20대가 아니다.

<인생의 스펙트럼>

10대 20대 30대 40대 50대 60대 70대 80대 ~

가능건! 극단적! ㄱ.... =ㅣ... ㄹ...

인생을 80이라고 쳐도
20은 너무 앞에
있는 거 아닌가?

웹툰 플롯도
이렇게 짜면 망함.

20대가 뭘 안다고 전성기란 말인가.
험난한 사회에 뽁하고 나온 새싹은
전성기가 아니다. 그저 나약한 풀일 뿐.

인생 살기
힘들다.

아니면 사회적 돌쇠 정도가 아닐까?

(그런데 솔직히
30대 초중반까지
마찬가지… 아닐까?)

넘치는 젊음! 건강!
그러나
위태로운 사회적 위치,
연약한 통장,
진로와 인간관계 불확실,
나도 날 몰라,
풍부한 경험… 있겠냐?

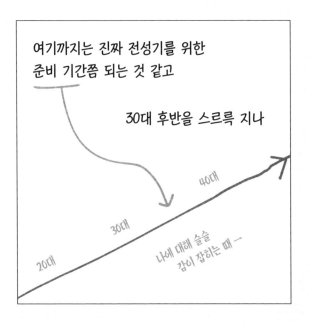

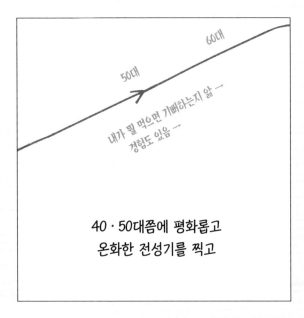

70대   80대   90대

60대를 넘어서부터
안정기에 들어서는 것 같다.

진짜로

60대라고 해도 앞으로
20~40년이나 시간이 남는데

그 정도면 초·중·고·대를
다시 졸업하기에도 충분하다.

인생이 이렇게나 긴데
20대에 반드시 큰 성취를 내야 한다는
생각은 너무 위험하지 않을까?

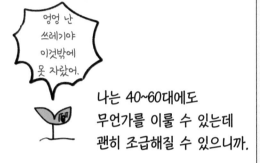

나는 40~60대에도
무언가를 이룰 수 있는데
괜히 조급해질 수 있으니까.

그러니까 강박적으로
뭘 성공시키려고 하지 말고
같이 안심하고 좌절이나 하자.

그게 2030 임무니까!

세상의 모든 기린이들에게

wat********

나의 현재는 누군가의 미래이고 누군가의 현재는 나의 미래일 수 있습니다. 각자 흘러가는 시간이 다르니 본인이 느리다고 자책하지 말길! 지쳐 사라지기보다는 작더라도 불씨를 안고 계속 함께해요!

안전한 길

알싸한 기린의 세계

세 번째 기린 단상

내 선택에 남의 의견을 너무 첨가하지 말자. 다른 사람
과 발맞추어 걷지 말고 마음대로 방탕하게 걸어보자.
어차피 삶은 남의 발만 밟지 않으면 되니까.

이변

모두가 다 그렇게 살아.
너도 그렇게 살렴.

이라는 말은
사실

나 또한 그렇게 믿고 평생을 살았으니
제발 나에게 다른 길이 있었다는 사실을
보여주지 말라는 애원과 비슷하더라.

거대한 이변으로 인식하기도 한다.

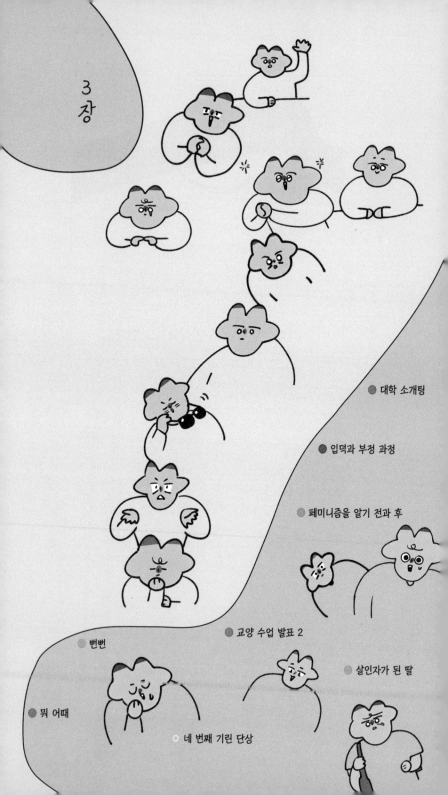

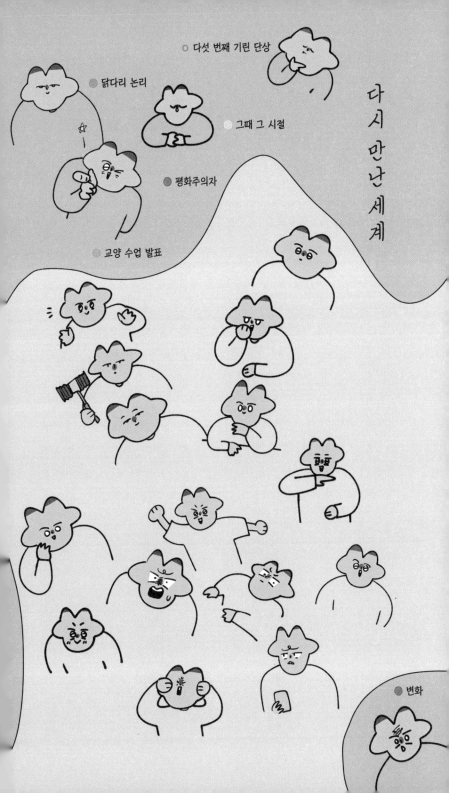

○ 다섯 번째 기린 단상

● 닭다리 논리

그때 그 시절

● 평화주의자

● 교양 수업 발표

다시 만난 세계

● 변화

때는 바야흐로 수년 전···

페미니즘의 'ㅍ'도 몰랐던 시절···

야생의 기린은
디지털 세계의 소시민이었고

담 넘고
PC방
가야지!

당시 인터넷을 점령했던 페미니즘에 대한
징징거림을 매직 스펀지처럼 빨아들이던
훌륭한 예비 어른이었다.

그리고 나는
엄청난 실수를 저지른다.

순간적으로 아차 했지만
이미 엎질러진 물이었다.

친구는 나를 복도로
끌어내고 침묵하더니

머리를 얻어맞은 것 같았다.

똑같은 주장을 해도
여자는 '기쎈 년'이고

남자는 의견 피력을
잘하는 인재야.

이상하지 않아?

...

괜찮아. 알면 돼.
변하면 돼.

그리고 명심해.
너랑 나, 그리고
우리는

아무것도 못할지언정
페미니즘을 욕하면 안 돼.

반성했다.

회개하고 돌아오는 길.
불현 듯 나는 두려워졌다.

내 주제에 너무 생각이
많은 게 아닐까.

그때 그 시절을 과거가 아니라
전생이라고 부를 만큼 많이.

여러분 이런
사람도 변해요

그러니까 당신 옆의
그 사람도 변할 수
있…있…어요

파이팅!

chi*****

고등학생 때 들었던 과학 수업에서 우리은하 속 지구
의 크기가 생각보다 작은 걸 보고 눈물이 났던 순간이
기억나요. 그 우주에서 만난 우리는 굉장히 운이 좋은
사람들이죠. 서로를 너무 미워하지 않고 단단히 연대하
며 조금은 더 너그러운 마음으로 살았으면 좋겠어요.
나를 위해서. 우리를 위해서. 더 나아가 모든 이웃들을
위해서요. 내일은 더 행복해질 거예요. 늘 응원할게요.

닭다리 논리

네 번째 기린 단상

내가 원하는 색의 칫솔을 먼저 집자 느닷없이 '여자애가 왜 그렇게 이기적이냐?'라는 소리가 들려왔다. 그때 깨달았다. 이렇게 쉽게 들을 수 있는 '이기적이다'라는 말을 살면서 한 번도 들어보지 못한다면 그거야말로 정말 문제가 있는 삶일지도 모른다고.

아주 옛날, 대학 교양 강의에서
발표를 했던 적이 있었다.

우리 조가 맡은 주제는 '출생률 저하의 원인'이었고
조원들은 전부 여자 학우들이었는데

사실 그때의 난 페미니즘을 이제 막 접한
갓 태어난 기린이었기에 주제에 대해
굉장히 막막해했다.

조원들은 준비한 대로 발표하라며 독려했지만
이 수업은 남자 비율이 80%인
교양 수업이었고

혹시···
페미 하시나요?

너무 여성 우월적인
발표 아닐까요?

학생들은 하나 같이
눈에서 레이저를
쏘고 있었다.

내가 논리적으로
말하지 못하면
공격당할지도 몰라.
교수님에게도
대드는데 학부생인
나에게는 더 하겠지.

강한 압박감에 현타를 맞은 난···

에라이!

선전포고

절대 웃지 않으시는
교수님이···!

끄덕

A+의
기운

그건 암묵적인
사회적 합의였고

여기에 의구심을 품는 순간
나만 이상해질 갈등의
핵심이었으니까요

이게 제가 생각한
출생률 저하의
원인이고

또 그렇기에
저는 비혼,
비출산입니다.

감사합니다.

대구리 박기

그때 그 남자 학우가
큰 소리를 내며
다시 들어왔다.

짝 짝 짝

세상의 모든 기린이들에게

lod******

버거운 순간보다 기꺼운 순간이 더 잦았으면 좋겠습니다. 나와는 어떤 관계성도 없는 당신이 왜 이렇게 애틋한지. 외롭겠지만 의로운 마음 잃지 말기로 해요. 같이 가요. 진심으로 응원합니다.

입덕과 부정 과정

~내가 겪은 페미니즘 입덕과 부정 과정~

1. 강한 입덕 부정

세기의 흑역사가
여기서 만들어졌다.

과격해!

머지않아
이불을 차게 될 사람.

4. 쌈닭

5. 피곤

반복되는 흐름과 변화가 느린 현실로 인해
가장 빠르게 지쳐버린다.

6. 수용

롱런하기 위해 자신을 돌아보는 시간.
관심사가 대의에서 ➡ 자신으로 옮겨간다.

세상의 모든 기린이들에게

o_s****

불편하고 두렵고 더럽고, 차라리 예전이 더 편했다고 생각되는 날도 더러 있겠지만 난 절대 이전으로 돌아가지 않을 거예요. 헷갈릴 땐 주위를 살펴서 더 단단해져요. 이 세상엔 여자가 반이고 우리는 서로의 지지자이자 버팀목이니까요. 넘어지세요! 부딪히고 튕겨 나오세요! 서로가 서로를 일으킬 테니!

대학 소개팅

대학의 꽃은 과팅!

나는 대학교 1학년,
3:3 소개팅에 나갔다!

그런데 여자 쪽 한 명이
분위기를 망쳤고…

아 재미없어.

괜히 왔다.

그리고 시간이 흐른 어느 날

그 언니를 수업에서 마주쳤다.

언니는 소개팅과 다르게
예의바르고 유쾌한 사람이었다.

언니는 화장실에 다녀오는 길에
담배를 피우고 있던
남자 1,2,3호의 말을 엿들었고

그 말을 들은 언니는
진심으로 화가 났지만

친하지 않은 동생들에게 이 사실을
말하고 증명하기에는 어렵다고 판단해

기분도 나쁜데 화풀이나 할 겸
대놓고 분위기를 망쳤다는 것이다.

라고 말하며 언니는 웃었지만

나는 그때 깨달았다.

기분이 나빴다면 그냥 그곳에서
홀로 나오면 그만이다.

하지만 눈치를 받아 가면서도
자리를 이탈하지 않았던 이유, 그건

수적으로 열세가 되면 20살 새내기들이
멋모르고 불쾌한 경험을
당하게 될 것 같아서.

그게 걱정이 되어서.

알싸한 기린의 세계

페미니즘을 알기 전과 후

다섯 번째 기린 단상

나는 결국 개인인데 주류인지 아닌지가 왜 중요하지?

교양 수업 발표 2

또 다시 찾아온 교양 발표 시간.

그날의 발표 주제는 '편견'이나
'고정관념' 둘 중에 하나였고

크어어어

나는 발표자가
아니었다.

초면의 남자 학우가 발표자였는데
들고 온 발표 주제가 심상치 않았다.

그리고 발표를 들은 난 사실

조금 지쳐있었다.

여자 학우가 절반도 되지 않는 수업에서

나를 제외한 여자 학우 전원이
손을 든 장면은 꽤나 충격적이었다.

발표자는 당황했고

나도 당황했다.

원래 이렇게
질문 많은 수업이
아니었잖아…!

군중 심리 발동.

생각해 보면
내가 여기서 가장 연장자이고

1학년
수업 듣는
4학년

심지어 나 홀로
탈코르셋을 한
사람이었는데

내가 제일 소극적이라니…!

쾅!

부끄러웠다.

그리고 그 발표자는

발표를 너무 성급하게 하신 건 아닐까요?

어···

···

대학교 4년을 다니면서
지금 같은 광경을 한 번도 본적이 없었는데

졸업 전에 이런
경험을 할 수 있어서
정말 다행이었다!

뭐
어
때

살인자가 된 딸

세상의 모든 기린이들에게

six******

지금은 세상이 변하려는 과도기라 많이 힘들죠? 당신들에게 좋은 세상을 주기 위해 내가 방패막이가 되어줄 테니 야망을 갖고 살아가요. 세상이 당신을 깎아내릴지라도 포기하지 말고 하고 싶은 일, 되고 싶은 것 모두 이루길. 우리도 다 할 수 있다! 느려도 꾸준히 잘 버텨줘요! 내가 길을 잘 닦아 놓을게요♥

평화주의자

페미니스트들은
다 평화주의자다.

내 삶의 안전과 평화를 지키고,

너덜…

온 세상의 부당함을 뜯어 고치려는
사람들이 평화주의자가 아닐 리가.

이제까지 봐 온 모두가 그랬다니까.

세상의 모든 기린이들에게

_mi******

느슨하게 연결된 끈 너머의 당신에게 가장 따뜻하고 다정한 포옹을 보내요. 눈물과 분노, 절망에도 희망을 아로새기며 거센 폭풍을 함께 이겨내요. 우린 결국 해낼 거예요. 아주 오래전 수많은 어머니와 자매로부터 예고된 승리니까요.

뾰
뾰

우리는
조금 더
뻔뻔해져도
좋지
않을까?

하지만 어쩔 수 없다.
이건 검열 속에서 컸던
사람들의 고질병이다.

본인이 능력자라는 걸 본인만 모르는
원석 같은 사람들.

우리는 더 많이 뻔뻔해져야 한다.
완성도 60%의 작업물을 명작이라고
소개하는 능력을 우리도 배워야 한다.

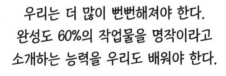

그 누구도 아닌
우리를 위해서.

왜냐고?

원래 세상은 주먹구구식이다.

완벽은 의미가 없다. 그저 당당하고
빠른 사람이 이기는 거다.

그리고 우리는 뭘 해도 잘할 것이다.
충분히 잘해왔기 때문에.

짝   짝 짝

스스로가 스스로를 너무 과소평가했을 뿐!

세상의 모든 기린이들에게

let**********

당신이 이기적인 사람이면 좋겠습니다. 당신의 행복을 최우선으로 생각하고 당신의 안전을 추구하며 당신의 평온을 위해 애쓰면 좋겠습니다. 무해한 사람이기보다는 큰 소리를 낼 줄도 알고, 두렵고 아프더라도 진리를 외면하지 말고, 외부의 기준으로 당신을 재단하지 말고 자주적인 삶을 살기를 소망합니다. 당신이 내딛는 모든 걸음걸음이 당신의 행복으로 귀결되길 바랍니다.

변화

페미니즘이 세상에 이슈가 되고 대략 6년.

세상이 하나도
변하지 않은 것 같아요.

아뇨
달라졌어요

나에게는 남친이
있으니 운전할 필요가
없다던 지인은
1종 운전면허를
땄고

화장은
여자의 예의라고
하던 친구는
화장품을 다
부숴서 버렸어요

알싸한 기린의 세계

라고 했던 학창 시절 친구는
2018년 불법촬영 편파수사 근절시위
'불편한 용기'의 맨 앞자리에서 마주쳤으며

희생을 당연하게
여기던 누군가는
'남'을 위해 살기를
거부했고

그만하자.

'남친의 기를
살려주는 밥'
따위를 인터넷에서
뒤적거리던 저는

남자 말에
맞장구를
잘 쳐주면...
좋아한다!

예전만큼 막말을 지껄이지 못하는 사람들이
불만을 토로할 때

어딘가에서 피해자가 도움을 요청할 때

그 소리를 들은 우리가 기다렸다는 듯이 나서서

도움 요청 신호야!

반짝

달려!

누군지
알아?

아니 몰라!

가해자를 배척하고, 피해자를 도울 때

에필로그

알싸한 기린의 세계

초판 1쇄 발행일 2022년 7월 18일
글·그림 작가1
펴낸곳 든
출판등록 406-2019-000010호
주소 (10881) 경기도 파주시 문발로 119, 202호
메일 deunbooks@naver.com
블로그 blog.naver.com/deunbooks
인스타그램 www.instagram.com/deunbooks
ISBN 979-11-974614-6-0 (03810)
값 18,000원

잘못된 책은 구입한 곳에서 교환해 드립니다.